Editor
Laurie Haight Keenan

Contributing Editor
John T. Kirkpatrick

Typography & Design
Charlene M. Hernandez

Published by
Bolchazy-Carducci Publishers, Inc.
1000 Brown Street, Unit 101
Wauconda, Illinois 60084
http://www.bolchazy.com

Printed in the United States
2000
by Worzalla

Library of Congress Cataloging-in-Publication Data

Seuss, Dr.
  [Cat in the hat. Latin]
  Cattus petasatus : The cat in the hat in Latin / qui libellus est a Doctore Seuss, primo anglice compositus, at nunc (quod vix credas) in sermonem latinum a Guenevera Tunberg et Terentio Tunberg conversus!
  p. cm.
  Summary: Two children sitting at home on a rainy day are visted by the Cat in the Hat, who shows them some tricks and games. Includes a Latin-English glossary and a note on the verse form and rhythm.
  ISBN 0-86516-471-1 (alk. paper) — ISBN 0-86516-472-X (pbk. : alk. paper)
  1. Cats—Juvenile fiction. 2. Latin language—Readers. [1. Cats—Fiction. 2. Latin language materials. 3. Stories in rhyme.] I. Tunberg, Jennifer Morrish. II. Tunberg, Terence. III. Title.

PZ90.L3 S47 2000
[Fic]—dc21

                                                        00-36118

Imber totum diem fluit
Urceatim semper pluit.
Taedet intus nos manere:
Numquam potest sol splendere,

1

Desidesque sic sedemus,
Nec ridemus, nec gaudemus.
Fore finem quiescendi
Mihi spes est et sedendi.

Frigus vetat foras ire,
Caelum vetat lascivire.
Domi sumus quiescentes,
Nil omnino facientes.

2

Dum sedemus otiosi
Somnulenti, stomachosi,
Dico Sarae displicere
Mihi semper sic sedere.

3

FRRRRAGORRR!!

At tunc quies est erepta!
Tota domus est correpta
Tum tumultu, tum fragore!
Tremebundi nos pavore,

5

Conspicamur nunc intrantem
Limen nostrum nunc calcantem
Cattum quendam Petasatum
Numquam nobis exspectatum!

"Cur sedetis?" inquit ille,
"Ludos vobis dabo mille!
Cattus, etsi sol non lucet,
Ludos vobis huc adducet!

Strophas vobis demonstrabo,
Novos ludos indicabo,
Quibus frui vos iuvabit.
Neque mater me culpabit!"

Matre nostra tunc absente,
Diem domi non degente,
Dubitamus et haeremus,
Respondere non valemus.

8

At repente reclamavit
Piscis noster et negavit
Ludos Catti tolerandos
Esse nobis aut laudandos.
Dixit piscis discedendum
Catto STATIM nec ludendum
Quia mater non videre
Ludos posset nec cavere.

11

"Timor absit," inquit hospes,
"Duce Catto, domus sospes
Erit vestra. Licet vobis
Frui ludis, qui sint nobis
Nec nocivi, nec ingrati.
Sumus ergo iam parati!
Piscis, ecce, nunc ASCENDIT!
Sursum surgit nec descendit!"

12

Clamat piscis et pavescit.
Circumspectat et tremescit.
"Ludum stultum iam remitte!
Nunc in mensam me demitte!
Ne mox cadam PERTIMESCO!
Tales ludos perhorresco!"

13

"Time nihil," inquit ludens,
"Sum percautus, mitis, prudens.
Ne tu cadas iam cavebo,
Dum sublimem te tenebo!
Stans in pila tete vibro,
Manu dextra librum libro!
Nunc est scyphus in galero:
Nunc fruamur lusu vero!

14

Me videte! Me spectate!
Strophas meas nunc laudate!
Plura mihi sunt in promptu!
Caret caput pleno comptu!
Scyphus supra iam gestatur—
Libum quoque nunc addatur!"
Ibi libum collocavit,
Et in pila persultavit.
Piscem nostrum vix servatum,
Lac in lance vix libratum,
Simulacrum navis bellum,
Palmis gestat et libellum,
Praeter primum, iam secundum,
Quod est visu periucundum!

16

"Strophas omnes non vidistis,"
Inquit Feles, "spectavistis
Rudimenta nec perfecta,
Nec permultum iam provecta.
Sum iocandi tam peritus!
ECCE ludus inauditus!
Manu mea cumulati
Libri tres sunt hic librati.
Omni membro tricas gero!
Scyphum, libum, lacque fero!
Piscis rastro iam libratur!
Vir pusillus comitatur
Simulacrum navis bellum!
Cauda rubrum sic flabellum
Gesto, quod nunc agitatur,
Et hac pila sublevatur
Cattus vester! Spectavistis!
Sed rem totam non vidistis."

Sic locutus derepente,
Pila non iam sustinente
Tantum pondus, Cattus ruit.
Qualis ille fragor fuit!
Conspicamur nos stupentes
Res ex alto DECIDENTES.

21

Et in ollam piscis tremens
Cadit praeceps atque gemens,
"Absit," inquit, "permolestus
Ille ludus et funestus!
Est obscaenus, inurbanus,
Pravus, atrox, inhumanus!

22

Vide, Catte! Quid fecisti?"
Dicit piscis, "Perdidisti
Domum nostram. Nunc eversa
Res est nostra, libo mersa
Navis parva, iam curvatum
Rastrum novum, perturbatum
Totum tectum. Sic absente
Matre nostra, nec vidente
Ludos tuos, discedendum
Tibi NEC est hic manendum!"

"Velim tamen permanere,"
Clamat Cattus, "et gaudere
Periucundis ludis quorum
Quendam vobis cum decorum,
Tum iucundum nunc monstrabo.
Ne decedam RECUSABO!"

27

Cattus ille Petasatus,
Pernix, velox, incitatus,
Statim foras est egressus,
Mox reversus et regressus,

Cistam rubram laete ferens,
Cistam ligno factam gerens,
Unco clausam, ponderosam,
Fetam strophis, ominosam!
"Novum ludum mox discetis,"
Inquit. "Quid nunc hic videtis?"

Stans in cista nos despexit,
Perurbane corpus flexit,
Et galerum sublevavit
Ludum SUAVEM declaravit
Cista rubra contineri,
Nec non claustris cohiberi.
"Strophas," inquit, "iam spectemus!
Et haec duo salutemus

31

Effrenata geminata,
'Maius,' 'Minus,' nominata!
Numquam volent vos mordere:
Volent vobis perplacere!
Cattus uncum tunc levavit,
Et haec duo liberavit.
Effrenata prodierunt;
Ad nos statim cucurrerunt.
"Vos amicos salutamus,"
Clamant illa. "Vos amamus!

33

Et salvere vos iubemus!
Dextras date!" Sed haeremus
Admirantes et stupentes,
Quid iam prosit nescientes.
Dextris tamen copulatis,
Indulgemus effrenatis.
At reclamat noster tutor,
Piscis prudens et adjutor.

34

"Abest mater! Absint illa!
Non sunt proba nec tranquilla,
Quae nunc, quaeso, depellatis,
Exturbetis, abigatis!"

35

Cattus dicit, "Noli, care
Piscis, te nunc agitare,
Quia nostra geminata
Bene quidem sunt morata!
Student ut iam rideatis,
Multis iocis gaudeatis,
Quamquam pluit tam constanter."
Duo palpat peramanter.

37

"Ecce ludus his pergratus,"
Inquit Cattus Petasatus,
"Delectantur volatinis,
Quae sunt iuncta longis linis."

38

Nans in olla piscis tremit,
Atque magna voce gemit.
"Absit clades repentina.
Nunc auferte volatina!
Non sunt intus usurpanda!
Sunt hinc statim deportanda,
Ne supellex evertatur,
Neve domus deleatur!"

Se profundunt effrenata
Per andronem debacchata.
Totum locum tum percussum
Volatinis et concussum
Conspicamur. Nec fragore
Perturbantur nec sonore!

Huc et illuc duo currunt
Hinc et illinc et recurrunt.
Volatini filo vincta
Surgit stola matris tincta
Rubicundis et rubellis
Et subalbis punctis bellis;
Vestis nova pulchre picta!
Sponda lecti nunc est icta

Volatino descendente,
Sursum cito tum surgente!
Saltuatim geminata
Cursant, ruunt effrenata.
"Aedes," inquam, "PERVASTANTUR!
Effrenata reprimantur!
Mater quidnam nunc clamaret,
Tales ludos si spectaret?"

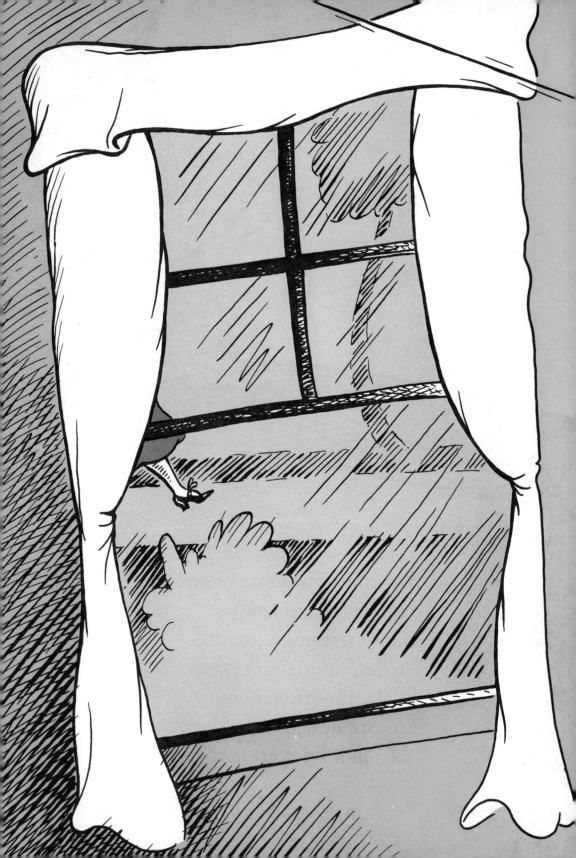

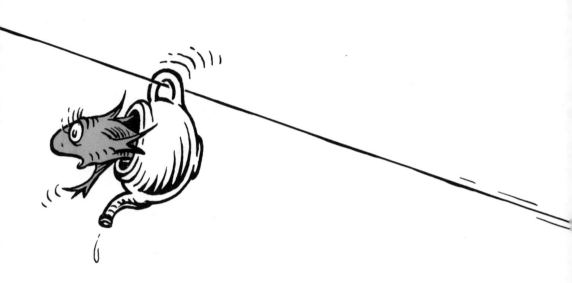

Perturbatus piscis nobis
"Ultrix," inquit, "INSTAT vobis!
Specto matrem venientem,
Domum nostram iam petentem.
Quid clamabit cum videbit
Effrenata? Non tacebit
His de strophis male factis,
A scelestis sic peractis!

47

Fili, sultis, auscultate!
Nulla mora festinate!
Mater statim propinquabit!
Domum nostram mox intrabit!
Placet mihi nunc placare
Matrem nostram. Relegare
Nos oportet effrenata,
Quae sunt nimis debacchata!"

Verba piscis ut audivi,
Rete capax tunc quaesivi.
Sic armatus, haec infesta,
Maius, Minus, tam molesta,
Captaturus propinquavi,
Praedam mihi destinavi!

Rete volans SIBILAVIT
Et per auras devolavit.
Geminata laqueavi!
Captis illis, tunc clamavi:
"En, mi Catte, cohibenda
Sunt et hinc nunc auferenda
Duo tua scelerata
Plusquam satis debacchata!"

52

"Sum dolore iam confectus,"
Inquit Cattus, "quod reiectus
Ludus noster est a vobis.
O, repulsa dura nobis!"

Unco fixo, geminata
Cista clausit effrenata.
"Ludos," inquit, "respuistis!"
Tunc abivit Cattus tristis.

54

Piscis tandem laetabundus
"Cattus," inquit, "iniucundus
Nos reliquit—res optanda
Sed—pro dolor!—est infanda
Moles rerum quas nequimus
Ordinare. Certo scimus
Matrem domum reversuram
Res confusas mox visuram!"

55

Quibus dictis, QUIS intravit,
Fletus nostros refrenavit?
Cattus raedae gubernator!
Lusus novi moderator!
"Nulla causa lamentandi,"
Dicit ille, "nec plorandi
Vobis adest. Ordinabo
Res confusas. Demonstrabo
Stropham vobis exoptatam,
Meo Marte fabricatam!"
Nos miramur intuentes
Manus multas orientes
Hac e raeda, quibus tota
Rerum strues est amota.

57

Nullum tempus datur iocis!
Nunc ponuntur suis locis
Instrumenta prorsus cuncta,
Volatina linis iuncta,
Simulacrum navis bellum,
Libum, scyphus et flabellum,
Piscis tutus, lac servatum
Rastrum novum iam curvatum,
Libri nostri, lanxque lata,
Stola matris maculata.
Tunc abire properavit,
Et galerum sublevavit
Cattus ille Petasatus
Numquam nobis exspectatus.

Mater nostra tunc intravit,
Nosque duo salutavit.
"Salvi sitis! Quae fecistis?
Quosnam ludos habuistis?"

Dubitamus et haeremus:
Respondere non valemus.
Nam cunctamur revelare
Strophas illas et narrare

60

Quibus modis domus tota
Derepente sit commota.
Nam quid dicas sic intranti
Tuae teque percontanti?

A WORD ON THE VERSE-FORM AND RHYTHM IN OUR VERSION

When Theodore Geisel, or Doctor Seuss, as he is usually called, composed *The Cat in the Hat,* he made regular use of a distinctive rhythm. His verses are also arranged so that rhyme typically appears in alternate lines. Both the rhythm and rhyme in this text are especially pronounced, because the length of each verse is extremely short. Though we could not, of course, exactly reproduce Seuss' rhythm and rhyme in another language, namely Latin, various rhythmical verse-forms which were popular among the Latin poets of the Middle Ages, seemed to us to offer a medium that would provide an equivalent effect. A trochaic rhythm that consists of eight-syllable lines was particularly appealing to us. In this verse-form each pair of lines has end-rhyme in the last two syllables, not merely the final syllables. The trochaic measure depends primarily on the accent of the words rather than on the quantity of vowels. Verses of this kind were employed for a great variety of themes, ranging from the serious and religious to the amatory or jocular. As an example, we may read the opening lines of a very famous medieval hymn:

> Stabat mater dolorosa
> Iuxta crucem lacrimosa...

The theme of the following four lines is very different, but we note a very similar verse-form:

> Lingua mendax et dolosa,
> Lingua procax, venenosa,
> Lingua digna detruncari
> Et in igne concremari...

We cannot, it seems, conclusively identify the author of either text. Both these poems and many others can be found in quite a number of books which are still in print. However, for those readers who wish to learn about the varieties of metres, rhythms, and verse techniques that were employed by the Latin poets of the Middle Ages, we especially recommend the following titles:

C. H. Beeson, *A Primer of Medieval Latin. An Anthology of Prose and Poetry* (Chicago, 1926: Washington, 1986) [pp 314-82].
K. Sidwell, *Reading Medieval Latin* (Cambridge, 1995) [pp 243-52].
P. Klopsch, *Einführung in die mittellateinische Verslehre* (Darmstadt, 1972).
D. Norberg, *Introduction à l'étude de la versification latine médiévale.* Studia Latina Stockholmiensia V (Stockholm, 1958).

DE NUMERO ET VERSIBUS
QUIBUS USI SUMUS

Theodoricus Geisel, sive Doctor Seuss (qui plerumque appellatur), ad opusculum lingua Anglica componendum, cui titulus *Cat in the Hat*, numerum quendam sedulo adhibuit, versusque contexuit, quorum alterni fere similiter desinerent. Qui versus quod sunt brevissimi, eo magis et numerus et exitus versuum apparent consonantes. Quamvis instar rationis metricae, quam ille excogitavit sermoni Anglico idoneam, Latine exprimere nequiremus, nonnulli tamen nobis numeri esse videbantur vi quadam haud dissimili praediti, qui medio aevo, quod dicitur, apud scriptores Latinos in pretio fuerunt. Praecipue alliciebamur versibus quibusdam trochaicis, qui singuli ex octonis syllabis constant, quorum paria similiter desinunt, idque non solum in syllabis ultimis, sed etiam in paenultimis. Numerus porro trochaicus accentu potius verborum quam syllabarum quantitate efficitur. Huiusmodi versus ad argumenta quam maxime varia tractanda adhibebantur, sacra, seria, amatoria, iocosa. Notissimus, verbi gratia, est hymnus medio aevo compositus, qui hisce versibus incohatur:

> Stabat mater dolorosa
> Iuxta crucem lacrimosa...

Ecce quattuor versus quibus numerus exhibetur idem, sed materia longe alia:

> Lingua mendax et dolosa,
> Lingua procax, venenosa,
> Lingua digna detruncari
> Et in igne concremari...

Carmina cum haec duo (quae qui composuerint videtur esse incertum), tum multa alia variis libris continentur, qui adhuc sunt venales. Sed hos praecipue libellos lectoribus commendamus, qui velint discere quibus numeris metrisque, qua arte versus pepigerint poetae Latini qui medio aevo floruerunt:

C. H. Beeson, *A Primer of Medieval Latin. An Anthology of Prose and Poetry* (Sicagiae, 1926: Vasintoniae, 1986) [pp 314-82].
K. Sidwell, *Reading Medieval Latin* (Cantabrigiae, 1995) [pp 243-52].
P. Klopsch, *Einführung in die mittellateinische Verslehre* (Darmstadii, 1972).
D. Norberg, *Introduction à l'étude de la versification latine médiévale*. Studia Latina Stockholmiensia V (Holmiae, 1958).

Professor Dirk Sacré of Leuven, whom we thank warmly for his kind advice, reminded us that this type of rhythmical verse has also been employed by some very recent Latin poets. Worth reading are these books:

Max et Moritz. Puerorum facinora scurrilia septem enarrata fabellis, quarum materiam repperit depinxitque Guilelmus Busch, isdem versibus quibus auctor usus Latine reddidit Ervinus Steindl. Lebendige Antike. Third edition (Zürich, 1978).

Kalevala Latina, translated by T. Pekkanen. Second edition. (Helsinki, 1996).

The octosyllabic trochaic verse-form, of which we have provided examples above, has been our primary inspiration and model. But readers should keep in mind the following points when reading our verses:

a) When we use words of more than one syllable, we employ only paroxytones (words having their normal accent on the penult, or second-to-last syllable). We avoid all words of more than four syllables.

b) All words of four syllables should be read with a secondary accent on the first syllable, in addition to the primary stress on the penult. For example:

Dómi súmus **quíescéntes**

c) Words of three syllables always follow a monsyllable, and that monosyllable should be read with a secondary accent, as follows:

Lúdos vóbis **húc addúcet**

d) Two monosyllables may occur together, in which case the first has the accent, not the second.

Né mox cádam pértimésco

e) Both aphaeresis and elision are totally avoided in this kind of verse. Indeed, a word beginning with a vowel never follows another ending with a vowel, or one ending with a vowel followed by 'm'.

f) The end of the second foot of each verse is marked by a caesura, or, to be more precise, a diaeresis:

Néque máter / mé culpábit

Commoniti praeterea sumus a Theodorico Sacré, professore Lovaniensi, cui pro consiliis benigne datis gratias agimus summas, de poetis quibusdam, qui nostra quoque aetate huiusmodi versus composuerunt. Lectu enim digni sunt hi libri:

Max et Moritz. Puerorum facinora scurrilia septem enarrata fabellis, quarum materiam repperit depinxitque Guilelmus Busch, isdem versibus quibus auctor usus Latine reddidit Ervinus Steindl. Lebendige Antike. Tertia editio (Turici, 1978).

Kalevala Latina, a T. Pekkanen Latine reddita. Editio altera. (Helsinkii, 1996).

Numerum trochaicum, cuius exempla supra suppeditavimus, maxima ex parte sumus imitati. Sed de nostris versibus haec in primis sunt monenda:

a) Nulla adhibentur verba polusyllaba, nisi quorum ponitur accentus in syllaba paenultima. Evitantur verba quae plus quaternis syllabis constant.

b) Ubi legitur vox quattuor syllabarum, ibi audiuntur et accentus primarius (in syllaba paenultima positus), et secundarius quidam, qui in prima syllaba habetur, velut:

Dómi súmus **quíescéntes**

c) Ubi posita est vox trium syllabarum, semper antecedit monosyllaba, in qua auditur accentus, velut:

Lúdos vóbis **húc addúcet**

d) Duae voces monosyllabae cum sunt contiguae, accentus in prima (nec in secunda) auditur, velut:

Né mox cádam pértimésco

e) Absonae his versibus sunt aphaeresis et elisio. Vox igitur cuius prima littera est vocalis nusquam sequitur vocem vocali terminatam, neque 'm' litteram, quam vocalis antecedit.

f) Post secundum cuiusque versus pedem invenitur caesura, seu potius 'diaeresis', velut:

Néque máter / mé culpábit

ABOUT THE TRANSLATORS

Jennifer Morrish Tunberg (Ph.D., History, University of Oxford) has held faculty positions in Medieval Studies in Canada and Belgium. She is an Assistant Professor in the Department of Classical Languages and the Honors Program at the University of Kentucky in Lexington. Her research interests are Neo-Latin and Ancient, Medieval, and Renaissance Literatures.

Terence O. Tunberg (Ph.D., Classical Philology, University of Toronto) is an Associate Professor in the Department of Classical Languages and teaches in the Honors Program at the University of Kentucky in Lexington. He has held faculty positions in Classics in Canada, the U.S.A., and Belgium. His research interests include Latin prose style, and Medieval and Neo-Latin. Dr. Tunberg founded the electronic Latin journal, *Retiarius,* and conducts seminars every summer in spoken Latin.

DE INTERPRETIBUS

Guenevera Morrish Tunberg doctricis rerum gestarum diplomate in studiorum universitate Oxoniensi honestata, medii aevi historiam, mores, litteras docuit tam in Canada quam in Belgica. Profestrix nunc adiutans apud litterarum classicarum facultatem collegiumque "honors" nominatum docendi muneribus Lexintoniae in universitate Kentukiana fungitur, ubi operam solet litteris antiquis, mediaevalibus, Neolatinis dare.

Terentius O. Tunberg, qui ob linguae Latinae studia in universitate Torontina ad doctoris gradum pervenit, philologiam in Civitatibus Americae Foederatis, in Canada, in Belgica professus, professor nunc sociatus apud litterarum classicarum facultatem collegiumque "honors" nominatum officio suo in universitate Kentukiana fungitur. Latinitatis mediae, quae dicitur, et recentioris studiosissimus, inquirit quoque in solutae orationis genera apud auctores Latinos frequentata. 'Retiarium', periodicum electronicum, condidit: conventicula Latine loquentium quot moderatur aestatibus.

VOCABULARY

A

a / ab *(+ abl.)* from, by
abeo, abire, abii / -ivi, abitum to go away
abigo (3), abegi, abactum to drive out or away, get rid of
absum, abesse, afui to be away
ad *(+ acc.)* to, towards, for the purpose of
addo (3), addidi, additum to add
adduco (3), adduxi, adductum to bring
adiutor, -oris, *m.* helper
admiror (1) to marvel, wonder
adsum, adesse, adfui to be present, be at hand
aedes, -ium, *f.* building, house
agito (1) to drive; to manage, celebrate; to shake; to disturb, vex, torment
altus, -a, -um high; **altum, -i,** *n.* a height
amicus, -i, *m.* friend
amoveo (2), amovi, amotum to remove
andron, -onis, *m.* hallway, passageway
apertus, -a, -um open
armatus, -a, -um armed, equipped
ascendo (3), ascendi, ascensum to climb, mount, rise
at but, yet
atque and also
atrox, -ocis grim, harsh, severe, atrocious, gloomy
audio (4) to hear
aufero, auferre, abstuli, ablatum to take away
aura, -ae, *f.* breeze, air
ausculto (1) to listen, heed
aut or

B

bellus, -a, -um charming, attractive, pretty
bene well

C

cado (3), cecidi, casum fall
caelum, -i, *n.* sky, heaven, weather
calco (1) to tread, trample
capax, -acis capable, capable of, fit, spacious, roomy
capio (3), cepi, captum to take, seize, catch
capto (1) to try to catch
caput, -itis, *n.* head
careo (2), carui *(+ abl.)* to be without, lack
carus, -a, -um dear
cattus *(sometimes* **catus**; *for spelling, see Thesaurus linguae latinae),* **-i,** *m.* a male cat
cauda, -ae, *f.* tail
causa, -ae, *f.* cause, reason
caveo (2), cavi, cautum to be on one's guard, to take care
certo certainly
circumspecto (1) to look around
cista, -ae, *f.* box
cito swiftly
clades, -is, *f.* disaster, calamity
clamo (1) to shout, exclaim
claudo (3), clausi, clausum to shut
claustrum, -i, *n.* lock, bolt, barrier
cohibeo (2), cohibui to confine, restrain
colloco (1) to put, place, station
comitor (1) to accompany
commoveo (2), commovi, commotum to shake up, rouse, disturb
comptus, -us, *m.* head-dress
concutio (3), concussi, concussum to strike together, shake violently, alarm
confercio (4), (confersi), confertum to stuff something full with
conficio (3), confeci, confectum to make, accomplish, spend, destroy;

dolore confectus be overcome with grief or sadness

confundo (3), confudi, confusum to mix, confuse

conspicor (1) to catch sight of, see

constanter steadily

contineo (2), continui, contentum include, contain

copulo (1) to join

corpus, -oris, -i, *n.* body

corripio (3), corripui, correptum to seize

culpo (1) to blame

cum *(conj.)* when, although, since; *prep. (+ abl.)* with

cumulo (1) to heap up

cuncti, -ae, -a all

cunctor (1) to hesitate, delay

cur why

curro (3), cucurri, cursum to run

curso (1) to run to and fro, cross at a run

curvo (1) to curve, bend

D

de *(+ abl.)* concerning, from

debacchor (1) to run riot

decedo (3), decessi, decessum to depart

decido (3), decidi to fall down

declaro (1) to assert, proclaim

decorus, -a, -um appropriate, becoming, elegant, handsome

dego (3), degi to pass, spend

delector (1) *(+ abl.)* to take delight in, be delighted by

deleo (2), delevi, deletum to destroy

demitto (3), demisi, demissum to lower, let down, put down

demonstro (1) to show, point out

depello (3), depuli, depulsum to cast out, drive away, expel

deporto (1) to carry away

derepente suddenly

descendo (3), descendi, descensum to go down, come down, descend

deses, -idis inactive

despicio (3), despexi, despectum to look down

destino (1) to resolve, destine, choose, appoint

devolo (1) to fly down

dextra (manus), dextrae (manus), *f.* right hand

dico (3), dixi, dictum to speak, say

dies, diei, *m./f.* day

discedo (3), discessi, discessum to depart, leave

disco (3), didici to learn

displiceo (2), displicui *(+ dat.)* to displease

do, dare, dedi, datum to give

dolor, -oris, *m.* sadness, grief, pain

dubito (1) to hesitate, doubt

dum while

duo, duae, duo two

durus, -a, -um hard, harsh

dux, ducis, *m.* leader

E

e / ex *(+ abl.)* from

ecce *(exclam.)* look!

effrenatus, -a, -um wild, unruly, unbridled

ego, mei, mihi, me, me I, me

egredior (3), egressus to depart, go out

en *(exclam.)* look!

eo, ire, ivi, itum to go

ergo therefore

eripio (3), eripui, ereptum to snatch away

et and

etsi even if, although

everto (3), everti, eversum to overturn, overthrow, subvert, destroy

exopto (1) to wish for, desire greatly

exspecto (1) to wait for, expect

exturbo (1) to drive out

F

fabricatus, -a, -um constructed, made

facio, facere, feci, factum to do, make

feles, felis, *f.* cat *(female or male)*

fero, ferre, tuli, latum to bear, carry

festino (1) to hurry

fetus, -a, -um pregnant, full of *(+ abl.)*

figo (3), fixi, fixum to fix, implant, fasten, pierce

filius, filii, *m.* son; **fili** *(vocative case)* children

filum, fili, *n.* thread, string

finis, finis, *m.* end

flabellum, -i, *n.* fan

flecto (3), flexi, flexum to bend, bow

fletus, -us, *m.* lamenting, tears

fluo (3), fluxi, fluxum to flow, stream, pour

foras to the outside

fore (= **futurum esse,** *future infinitive of* **sum, esse, fui**) to be about to be

fragor, -oris, *m.* noise, din, crashing

frigus, -oris, *n.* cold

fruor (3), fructus sum *(+ abl.)* to enjoy, use

funestus, -a, -um dangerous, deadly, destructive

G

galerum, -i, *n.* hat, bonnet, cap

gaudeo (2), gavisus to rejoice, take pleasure in, enjoy

geminati, -ae, -a paired, doubled

gemo (3), gemui, gemitum to sigh, groan

gero (3), gessi, gestum to wear, carry, bear, conduct, accomplish

gesto (1) to wear, wield, carry

gubernator, -oris, *m.* driver, manager

H

habeo (2), habui, habitum to have

haereo (2), haesi, haesum to cling to, be fixed, be perplexed, be at a loss

hic, haec, hoc this

hinc from here, hence

hospes, -itis, *m.* guest *(also* host*)*

huc to here, hither

I

iam now, already

ibi there

ictus, -a, -um struck

ille, illa, illud that

illinc from that place, from that side, thence

illuc to that place, thither

imber, -bris, *m.* rain

in *(+ abl.)* in; *(+ acc.)* into, towards, upon, for the purpose of

inauditus, -a, -um unheard of, strange, new

incitatus, -a, -um swiftly running, swift, hasty, flying

indico (1) to point out, show

indulgeo (2), indulsi, indultum *(+ dat.)* to be complaisant and courteous to, indulge, grant, allow

infandus, -a, -um unspeakable, abominable

infestus, -a, -um troublesome, dangerous

ingratus, -a, -um disagreeable

inhumanus, -a, -um barbarous, churlish, ill-mannered

iniucundus, -a, -um unpleasant

inquam I say / said *(introducing direct speech);* **inquit** he / she says / said *(introducing direct speech)*

insto (1), institi to approach, impend, threaten

instrumentum, -i, *n.* implement, instrument

intro (1) to enter

intueor (2), intuitus to gaze at, contemplate

intus within, inside

inurbanus, -a, -um boorish, unmannerly

iocor (1) to joke

iocus, -i, *m.* jest, sport, pastime

ire *see* **eo, ire**

iubeo (2), iussi, iussum to order, command

iucundus, -a, -um pleasant

iungo (3), iunxi, iunctum to join, attach

iuvo (1), iuvi, iutum to help

L

lac, lactis, *n.* milk

laetabundus, -a, -um rejoicing, happy

laete happily, gladly, joyfully

laevus, -a, -um left

lamentor (1) to lament, moan

lanx, lancis, *f.* platter, wide plate

laqueo (1) to trap, ensnare

lascivio (4), lascivii, lascivitum to sport, frolic, play

latus, -a, -um wide

laudo (1) to praise

lectus, -i, *m.* bed
levo (1) to lift, raise up
libellus, -i, *m.* little book, pamphlet
liber, libri, *m.* book
libero (1) to free
libro (1) to poise, balance
libum, -i, *n.* cake
licet *(+ dat.)* it is permitted
lignum, -i, *n.* wood
limen, -inis, *n.* threshold
linum, -i, *n.* thread, string
locus, -i, *m.* place
longus, -a, -um long
loquor (3), locutus sum to speak
luceo (2), luxi to shine
ludo (3), lusi, lusum to play
ludus, -i, *m.* game, sport
lusus, -us, *m.* game, play, jest

maculatus, -a, -um spotted
magnus, -a, -um large, great
maius larger, greater; **aius** the elder, the first, Thing One
malus, -a, -um bad; **male** badly, wrongly, improperly
maneo (2), mansi, mansum to remain
manus, -us, *f.* hand
 ars, artis, *m.* ars, god of war **meo arte** = by my own effort, without help of others
mater, matris, *f.* mother
me *see* **ego**
membrum, -bri, *n.* limb, member
mensa, -ae, *f.* table
mergo (3), mersi, mersum to submerge, sink
meus, -a, -um my/mine
mi *short form of* **mihi**; *see* **ego**
mille one thousand
minus smaller, lesser; **inus** the junior, the second, Thing Two
miror (1) to marvel at, be amazed
mitis, -e gentle, mild
moderator, -oris, *m.* director, manager
modus, -i, *m.* way, manner

moles, -is, *f.* mass, pile
molestus, -a, -um irksome, annoying, disagreeable
monstro (1) to show
mora, -ae, *f.* delay
moratus, -a, -um mannered, behaved; **bene moratus** well mannered, well behaved
mordeo (2), momordi to bite
mox soon, presently
multi, -ae, -a many

N

nam for
narro (1) to tell
navis, -is, *f.* ship
ne so that not, lest, let not
nec / neque neither
nego (1) to say not, deny
nequeo (4) to be unable
nescio (4) not to know, to be ignorant
neve and lest, and so that not
nihil nothing
nil = nihil
nimis too much
no (1) to swim
nobis *see* **nos**
nocivus, -a, -um harmful
nolo, nolle, nolui to be unwilling, to wish that not
nomino (1) to name; **nominatus, -a, -um** named, called
non not
nos, nostrum / nostri, nobis, nos, nobis we, us
noster, -stra, -strum our
novus, -a, -um new
nullus, -a, -um no
numquam never
nunc now

O

O Oh!
obscaenus, -a, -um abominable
olla, -ae, *f.* pot

ominosus, -a, -um foreboding, portentious, ominous
omnino at all
omnis, -e every
oportet *(+ acc. + inf.)* it is necessary for . . . to . . .
opto (1) to choose, select; to wish for, desire
ordino (1) to set in order
orior (4), ortus to come forth, arise
otiosus, -a, -um at leisure

P

palma, -ae, *f.* palm (of hand)
palpo (1) to pat, stroke
paro (1) to prepare
parvus, -a, -um small, little
pavesco (3) to begin to be afraid, to become alarmed
pavor, -oris, *m.* dread, fear, alarm
per *(+ acc.)* through
perago (3), peregi, peractum to perpetrate, do
peramanter very lovingly
percautus, -a, -um very cautious
percontor (1) to interrogate earnestly
percutio (3), percussi, percussum to strike through and through
perdo (3), perdidi, perditum to destroy
perficio (3), perfeci, perfectum to perfect
pergratus, -a, -um very pleasant
perhorresco (3), perhorrui to tremble or shudder greatly
peritus, -a, -um skilled, expert
periucundus, -a, -um very agreeable, very pleasing
permaneo (2), permansi, permansum to remain
permolestus, -a, -um very troublesome
permultum thoroughly
pernix, -icis nimble, brisk, quick, swift
perplaceo (2) to please greatly
persulto (1) to jump, leap
pertimesco (3), pertimui to become very much frightened
perturbo (1) to disturb
perurbanus, -a, -um very polite

pervasto (1) to devastate
petasatus, -a, -um with a travelling cap on
peto (3), petivi, petitum to seek
pila, -ae, *f.* ball
pingo (3), pinxi, pictum to represent pictorially, to paint
piscis, piscis, *m.* fish
placet (2), placuit it pleases
placo (1) to soothe, calm
plenus, -a, -um full
ploro (1) to cry out, cry aloud
pluit (3), pluit it is raining
plures, plura more
plusquam more than
ponderosus, -a, -um heavy
pondus, eris, *n.* weight
pono (3), posui, positum to put, place
possum, posse, potui to be able
praeceps, -cipitis head foremost
praeda, -ae, *f.* booty, plunder
praeter besides, together with, in addition to
pravus, -a, -um perverse, vicious, improper
primus, -a, -um first
pro *(exclam.)* Oh! Ah! Alas; **pro dolor** alas, unfortunately
probus, -a, -um well-behaved
prodeo, -ire, prodivi / -ii, proditum to come forth, appear
profundo (3), profudi, profusum to pour out or forth, to rush forth
promptu, *in the phrase,* **in promptu esse** to be at hand, ready
propero (1) to hasten
propinquo (1) to approach
prorsus absolutely, utterly
prosum, prodesse, profui to be useful, to be of use, to benefit, to profit, to be beneficial
proveho (3), provexi, provectum to advance
prudens, -entis knowing, wise, prudent
pulcre beautifully
punctus, -us, *m.* dot
pusillus, -a, -um very small

Q

quaero (3), quaesivi / -sii, quaesitum to seek

quaeso please

qualis, -e of what kind, sort, nature; what kind of

quamquam although

-que *(enclitic)* and

qui, quae, quod *(relative pron.)* who, which / that; **qui, quae, quod** *(adjective, interrogative pron.)* what kind of? what? which? **quod** *(connecting rel.)* which thing

quia because

quidam, quaedam, quoddam a certain; **quidam, quaedam, quiddam** a certain one

quidem indeed

quies, -etis, *f.* rest, quiet

quiesco, (3), quievi, quietum to keep quiet

quis, quid who? what?

quisnam, quaenam, quidnam who, which, what, pray?

quod because, *see also* **qui, quae, quod**

quoque also

R

raeda, -ae, *f.* car

rastrum, -i, *n.* rake

reclamo (1) to cry out against, to exclaim against

recurro (3), recurri, recursum to run back, hasten back

recuso (1) to reject, refuse

refreno (1) to curb, restrain, check

regredior (3), regressus to go or come back

reicio (3), reieci, reiectum to reject

relego (1) to send away, despatch

relinquo (3), reliqui, relictum to leave, abandon

remitto (3), remisi, remissum to send back

repello (3), reppuli, repulsum to spurn, reject

repente suddenly, unexpectedly

repentinus, -a, -um sudden, hasty, unlooked for

reprimo (3), repressi, repressum to press back, keep back

repulsa, -ae, *f.* rejection

res, -ei, *f.* thing

respondeo (2), respondi, responsum to answer

respuo (3), respui to reject

rete, -is, *n.* net

revelo (1) to reveal

revertor (3), reversus to return

rideo (2), risi, risum to laugh

rubellus, -a, -um reddish

ruber, rubra, rubrum red

rubicundus, -a, -um ruddy

rudimenta, -orum, *n.* the first principles, rudiments

ruo (3), rui, rutum to rush down, fall down

S

saltuatim by leaps or hops

saluto (1) to greet

salveo (2) to be well; **salvere iubeo** I greet

salvus, -a, -um saved, preserved, unharmed; **salvi sitis** *(a term of greeting or welcome)* Hello! Good-day to you! How do you do!

satis enough

sceleratus, -a, -um bad, impious

scelestus, -a, -um villainous, roguish

scio (4) to know

scyphus, -i, *m.* a cup, goblet

se *see* **sui**

secundus, -a, -um second, next to the first

sed but

sedeo (2), sedi, sessum to sit

semper always

servo (1) to save, keep unharmed

si if

sibilo (1) to whistle

sic thus

simulacrum, -i, *n.* image, representation, likeness

sol, solis, *m.* sun

somnulentus, -a, -um sleepy, drowsy

sonor, -oris, *m.* noise, din

sospes, -itis safe, unhurt

specto (1) to look at

spes, -ei, *f.* hope

splendeo (2) to shine

sponda, -ae, *f.* frame of a bedstead

statim immediately
sto (1), steti, statum to stand
stola, -ae, *f.* gown
stomachosus, -a, -um angry
stropha, -ae, *f.* trick
strues, is, *f.* heap, pile
studeo (2), studui to be eager
stultus, -a, -um stupid
stupeo (2), stupui to be amazed
suavis, -e delightful, pleasant
subalbus, -a, -um whitish
sublevo (1) to support
sublimis, -e borne aloft, in a high position
sultis please
sum, esse, fui to be
supellex, -lectilis, *f.* furniture
supra above
surgo (3), surrexi, surrecturm to ascend, rise
sursum upwards
sustineo (2), sustinui, sustentum to hold up
suus, -a, -um his own, her own, its own;
    his, her, its

T

taceo (2), tacui, tacitum to say nothing
taedet (2), taeduit, taesum est *(+ acc. of*
    pers. + gen. of thing) it wearies, disgusts
talis, -e such, of such a kind
tam so
tamen nevertheless
tandem at last
tantus, -a, -um so great
te *see* **tu**
tectum, -i, *n.* house
tempus, -oris, *n.* time
teneo (2), tenui, tentum to hold
tete *see* **tu**
timeo (2), timui to fear
timor, -oris, *m.* fear, dread
tingo (3), tinxi, tinctum to color, dye
tolero (1) to put up with, tolerate
totus, -a, -um the whole, entire
tranquillus, -a, -um quiet, calm
tremebundus, -a, -um trembling, quivering
tremesco (3) to shake or tremble for fear
tremo (3), tremui to shake, tremble, quiver

tres, tria three
tricae, -arum, *f.* trifles
tristis, -e sad
tu, tui, tibi, te, te you; **tete = te** *(emphatic*
    form)
tum then, at that time; **tum . . . tum** at one
    time . . . at another time; **cum . . . tum**
    not only . . . but also
tumultus, -us, *m.* uproar
tunc then
tutor, -oris, *m.* guardian
tutus, -a, -um safe
tuus, -a, -um your

U

ultrix, -tricis, *f.* avenging female
umquam ever
uncus, -i, *m.* hook
urceatim by the bucket
usurpo (1) to use
ut that, when

V

valeo (2), valui, valitum to be in a
    condition or have the strength
velox, velocis swift
venio (4) to come
verbum, -i, *n.* word
vero truly, really
vester, -tra, -trum your
veto (1) to forbid
vibro (1) to move rapidly to and fro; to
    agitate
video (2), vidi, visum to see; **visu**
    iucundum pleasing to see
vincio (4), vinxi, vinctus to bind or wind
    about
vir, -i, *m.* man
visu see **video**
vix scarcely
volatinum, -i, *n.* kite *(see Melissa 91, p. 5)*
volo (1) to fly
volo, velle, volui to be willing
vos, vestrum / vestri, vobis, vos, vobis you
vox, vocis, *f.* voice; **magna voce** loudly